미
친생
각

미친 생각

발행일   2018년 5월 23일

지은이   함 석 관
펴낸이   손 형 국
펴낸곳   (주)북랩
편집인   선일영   편집   오경진, 권혁신, 최예은, 최승헌, 김경무
디자인   이현수, 김민하, 한수희, 김윤주, 허지혜   제작   박기성, 황동현, 구성우, 정성배
마케팅   김회란, 박진관
출판등록 2004. 12. 1(제2012-000051호)
주소   서울시 금천구 가산디지털 1로 168, 우림라이온스밸리 B동 B113, 114호
홈페이지 www.book.co.kr
전화번호 (02)2026-5777   팩스   (02)2026-5747

ISBN   979-11-6299-136-7 03810 (종이책)   979-11-6299-137-4 05810 (전자책)

함 석 관
시   집

미친생각

북랩 book Lab

그리고 또 한 사람이 미쳤습니다
이 시집을
미친 사람들에게 바칩니다

미친 세상에서
미치지 않으려고
발버둥 치는 몇 안 되는 분들께 바칩니다.

어쩌다 보니 나는 모두를 욕할 수 있는 시인이 되어있었다.

모두를 욕한다는 건 모두로부터 공격받을 수 있고 심지어 욕 들어 먹을 수 있는 위치에 서는 것이다. 그러나 누군가는 해야 할 일이다. 문학이 정치에 개입하느니 사회문제에 개입한다고 욕하지 마라.

정치, 경제, 사회, 문화, 교육, 종교 할 것 없이 모두 사람 사는 얘기일 뿐이다. 사람 사는 얘기를 어느 한 분야가 독점하는 시대는 끝났다.

지금은 국경을 넘어 실시간으로 정보와 사유를 공유하는 자유시대다. 이제 컨슈머로 대변하는 소비주체는 물질에만 국한되지 않는다. 정신적인 것, 무형의 것도 소비할 수 있고 선택할 수 있다. 나는 그러한 소비자들 선택의 폭을 시문학에까지 확대하고 싶을 뿐이다. 카프의 시대는 예전에 끝났다. 나는 자유주의자다.

무능한 국가라면, 국민을 책임질 수 없는 국가라면 한 개인(자연인)이 그 국가도 버릴 수 있는 것이 자유시대다. 이제 우리 모두 정치인이 되어야 하고 혁명가가 되어야 한다.

그것도 아니라면 사상가가 되어야 한다.

그래야만 살아남을 수 있다.

정치인은 군림하려고 하고 자본가는 내 노동력을 착취하려고만 한다. 살아남으려면 부르짖어야 한다. 나는 자유인이라고. 자유만이 살길이라고. 보라! 내 사생활을 감시하는 것을 넘어 내 집안으로까지 넘어온 공권력을 보라. 곧 그대들의 사유(思惟)까지도 감시하고 검증하는 시대가 올 것이다.

지금 세계는 왜곡(歪曲)된 자유주의로 가고 있다. 이 모두 기업가들의 농간에 의해 그들의 후원을 등에 업은 정치인들의 농간(弄奸)이다. 세계는 하나다. 그러나 그것은 하나의 지구일 때 가능하다. 지구는 점점 분열되고 있다. 집단이기주의와 개인주의를 넘어서 오로지 자기 자신밖에 모르는 일인주의에 의해서 말이다. 나를 버리라는 말이 아니다. 적어도 '우리'라는 말을 되새겨 보자. 처음부터 한 울타리였던 '우리' 말이다. 처음부터 함께 숨 쉬고 함께 마시고 밥 먹고 잠들었던 그 '우리' 말이다.

나, 너, 우리는 하나다.

하나의 지구, 그건 꿈이 아니다.

늘 인간이 문제였다. 그러니 문제도 인간이 풀어야 하고 해답도 인간들이 찾아야 한다. 풀자. 오늘 숙제는 이것이다.

차/례

미친 생각 1

미쳐야 한다
미쳐도 제대로 미쳐야 한다
미치지 않고 사는 게
어디 그게 인생이더냐!

미쳐야 산다
미친놈만 사는 세상이다
미친놈만
제대로 대접받는 사회다.

미친 생각 2

어차피 미치지 않고는 살 수 없는 세상입니다
어쩌면 정상적인 사람이 오히려 손가락질당하는
그런 세상인지도 모르고요

어떻게 미쳐야 제대로 미친 건지
나는 알지 못합니다

어차피 미치지 않고는 정상적으로
살아갈 수 없는 세상이라면
창살 없는 이 정신병원에서
나는 탈옥할 겁니다

탈옥해서 새털처럼 가벼운 날들
물방울처럼 투명한 삶을 살아가렵니다

허무로 지어진 세상
나마저 정상적으로 미치지 않기 위해서.

사랑의 독재자

우리는 독재자를 원한다
입을 막고
행위의 자유를 비틀고
모가지에 올가미를 씌워 줄
어쩌면 악독한 독재자가 좋을지도 모른다
강요하기만 하고
충실하기만을 바라는
사랑의 독재자를
나는 원한다.

자유에의 길

인간답게 살 수 있는 곳이라면
사회주의든 자본주의든 그 어떠리

오직 길들여지지 않는 순수한 자유와
내 좋은 사람과
서로 뿌리 엉키고도 다투지 않는
풀꽃처럼

아아, 내게 주어진 길들을 따라
생명의 최후,
그 마침까지
나는 사랑으로 머물고 싶습니다.

나라 걱정

국회의원요?
우리 집 단골손님
김 씨 아저씨의 나라 걱정
절반만 따라와도 좋고요

시의원 그건
우리 집 명자 아지매
질퍽한 시민 걱정
반에 반만
따라와도 좋고요

간첩들이
나라 걱정
더 많이 하는
희한한 나라

무식한 국민이 많아서
의원님만 갑질하는
이상한 나라

완벽한 욕설

개새끼 씹새끼
좆 같은 새끼라는 말보다
더 더러운 욕설은
국회의원 같은 놈

조또 모르는 것들이
교양도 없는 것들이
제자 따먹고도
대학교수 하는 놈

국민의 알 권리는 냅다 주깨면서도
뒤로는 돈 봉투 챙기는
사이비 기자 같은 놈

권력에 빌붙어서
줏대 없이 노니는 판검사
국가 기밀 팔아서 돈 버는
일부 군 장성 같은 놈

이 모두는
우리 아이들이
선망하는 직업이니라.

희망의 노래

내 누이는 가진 자의
성노리개

태어날 때부터 부랄 두 쪽밖에 없는
나는 육체노동자

아, 그래도 팔 수 있다는 게 있으니
얼마나 다행한 일인가!

아버지는 새벽녘 도로 길을
빗자루 하나로 세상을 쓰는 청소부

엄마는 병상에 누워
죽음을 기다린 지 오래다

팔 수 있는 건 다 팔고도
허기진 집이다

반 지하 깨진 창문 사이로
잠시 왔다가 가는 햇살에
손 녹이다가
어둠이 자리 잡은
뒷골목을 빠져나가는
희망을 본다

처음부터 가져서는
안 되는 희망이다
희망이란 애초부터
가진 자의 전유물이다.

자살 권하는 사회

힘없고 외로울 땐 자살이 최선이다
이 세상에서
누가 나를 기억이나 하겠는가

그저 바람처럼
아침 이슬처럼 왔다가
가는 인생

아무도 기억하지 않는다 해도
그 또한 어떠리

부자도 빈자도
다 흙으로 돌아간다는 사실에
만족할 뿐

먼저 가서 기다리마!
배고픔보다 더 무서운 자본주의여 안녕!

방황 통신문

아직도 나는 마침표를 잊고
소일한 어제저녁이 그립다

최소한 B+ 이상은 됨직한
침묵점수와 방황점수를 합하면
이번 학기 성적은
우등쯤에도 들 법은 하다

그러나 이걸 어쩐 담
외롭게 소일하는 동안
정신머리는 어디다 두고 내린 것일까!

임진강에서

너와 나 사이에
아직도 건너지 못할 강이 흐르고
도하를 꿈꾸지 못하는 갈대와 억새풀만
뻘밭을 헤매다가
장전된 지뢰를 밟고는 뿌리를 돋아 고였다

수도 없이 만나자고
부둥켜 안아보자고
소식을 주고
때로는 뚜쟁이를 앞세워
중매를 시도해 보지만

만나는 족족
꼽추처럼 등뼈가 굽은 우리는
그 많은 연인들처럼
한 번도 그립게 안아보지 못하고
속에 있는 말
하고 싶은 말

마저 풀어놓지 못한 채
오늘도 가볍게 악수만 하고
꼬리를 챙겨 은하수를 건넌다

밀물처럼 자꾸만 쓸려가는 세월
이제는 반백은 족히 그어놓은
저 강물 사이로
새떼와 바람만이 발길을 옮겨 다니고
운을 뗀다

미처 서로를 이해하지 못하고
서로의 감정과 생각만 앞세웠던 한때

이제는
배고픈 서로의 사랑을 확인하기 위하여
모서리를 지우고
묵은 뼈마디마저
조각조각 내고서

우리 하나 되어
흙이 될 수는 없는가

흙처럼
뿌리를 푸근히 받아줄 수는 없는가!

주일예배

아무런 허물없이
벗은 채로 만나자는 하나님과
알몸인 채로 뒹구는 창녀 하나가
내 마음을 정신없이 흔들어 댄다

허물 짓지 말고
살라 이르시는 하나님과
허물도 남김없이 벗어던지자는
창녀 하나가
오늘 밤엔 발기부전인 나를 해부하고 있다

어쩌면 산다는 건
몸 파는 일
혼 팔리는 일은 아니었을까!

권력 앞에서

수면제를 한 움큼씩 투여한 잠보다
맨 정신으로 쓰러져 잠들었을 때가
오히려 더 절망적이었던 때가 있었습니다

하늘을 보며 길을 걸어갈 때보다
당신을 보며 길을 나설 때가
그래도 더 희망적이었을 때가 있었습니다

그러나
사랑의 표현방식이 다르다는
그 이유 하나 때문에
단죄되어 버린 열녀들

조국을 사랑한 죄
크디크더니
오늘 밤엔 다들
철창 안에서 머리 맞대고 앉아
님 향한 사연 하나 적습니다

그래요
당신은 언제나 옳습니다
당신들의 말들은

약자 앞에선
진리며
길이며
정의였습니다.

고용주의 광고

당신은 고용주에 의해
직업을 잃어버린 게 아니라
기계와 컴퓨터에 의해
직장을 잃었습니다

당신의 적은 기계입니다
컴퓨터입니다.

잡초의 수난사

1.
심은 것을 빼고는
모두 잡초라 했다
추수가 끝난 벌판에
낱낱이 버려진 것만
잡초의 얼굴이라 했다.

2.
기해박해, 임진박해 등등의
허다한 난을 만나
길을 나서다가
잠시 쉬었다 간다던 것이
그만,
난이 끝난 뒤에도 발 뿌리를 내린 건
화전이 성행하던 시절의 어느 하늘 아래였었지

먼 옛날 곡식의 반열에 올라
정이품의 품계를 받고
조정에 출사했었던 피의 후손도

잡초들의 대열에 끼여
몰락한 한만 곱 십고
한 하늘을 구주처럼 섬기며 살았지

저마다 억센 대지를 베개 삼아
오밀조밀 머리에 머리채를 휘휘 감고
둘둘 말린 세상 힘겹게 살아주어야 한다고
보란 듯이 일어서야 한다고
먼 친척뻘쯤 되는 야생 콩잎이 수런거렸지

마치 흰 물결처럼
영양가 만점인 비료를 얻어먹지 못한
질경이와 민들레가 들길에서 고사(枯死)를 드리울 때
가난한 것이 죄라며
어머니 같은
갈대가 갯벌에 나앉아 질펀하게 한들거렸지

그때쯤이었을 게고
혈통을 거두어 도회지로 이민을 떠난 한란들이
꽃밭에 뒤섞이어 산 것은
괴로운 풍파를 미어두고
그리움 풀내음을 미어두고

절제된 생을 살게 된 것은
美에 바쳐진
그릇된 사람들의 생각에서 비롯된 것이라며
바람마저 우울하게 뒷산을 헤맬 때

밤이면 잡초들은 하나둘 목숨을 챙겨
땅 속 깊이 뼈를 묻고 사느니
서리 내리는 한로(寒露)가 찾아오면
저마다 잊힌 얼굴과 이름으로
산과 들길을 헤매고 싶다

헤매는 자만이
마른 풀잎이고
잡초임을
뿌리를 옮기며 나는 깨달았다

잡초 같은 내 삶을.

쇼를 보여드립니다

식상한 세상 뜯어고치려고
드라이버 하나쯤 갖고 다니는 건
현대인의 정신건강에도 좋지 아니한가!

무미건조한 시간 가볍게 해부할 수 있게
삐. 하고 누를 수 있는
휴대폰 하나 건사하는 건
현대인의 암호능력에도 도움이 된다 하지 않던가!

침대 한 모서리를 베고 누워
저녁 늦게 구워낸 뉴스를 보며
아침출근길에
대화할 화젯거리를 챙겨두는 건
상식 아닌가!

오늘을 사는 사람은
누구나 다 외줄타기를
시도해 보지 않은 사람은 없다

외줄 위에 서 있는 한
누구나 다 광대다
세상에 살아있는 날까지
쇼는 언제나 흥미진진하다.

이데아

나는 오늘도 너를 향해
그리움 하나
앞서거니
뒤서거니
길을 묻는다

너를 위하여
입 없이도 부를 수 있는 노래
발 없이도 갈 수 있는 세상
꿈꾸며 살았네

이데아의 희망도
이데아의 절망도
생산과 소비 사이에서
잉태한
빈곤을 새끼 치는 이
강철 같은 도시에서

굳이 너와 내가

다 함께

행복할 수 있는 세상이라면

자본주의이건

사회주의이건

중요치 않네.

갈피와 실마리

산과 들이 완전히 누드가 되는 날
나는 초점 가득한 벌거벗은 계절을
동공 가득 포착해 놓고
오래도록 감상한 적이 있었다

하얗게 질려버린 벌판에
눈발이 고요 속을 덮어만 가는데
두툼한 외투밖에 눈만 뾰족이 내밀고
조목조목 길을 나선다

길과 길은 분명 통하고
길 아닌 곳에 어쩌면 길이 있는데
갈피를 잡지 못해
나를 가두고 살아낸 지난 시절

목청을 돌아 소리소리 외치면
외마디 비명으로 다시
돌아오는 메아리

나는 알고 있었다
역사의 분비물을 뒤적이다가
찾아낸 걸레 하나
아직도 깨끗하게 닦아야 할
어제의 흔적

생각다 만 기억들을 챙기며
책갈피에 쪽을 지른 채
반쯤 가라앉은 수면 아래로
그물보다 코가 촘촘한 물음표를 던진다

나는 누구인가!

어머니

박꽃처럼 화사하게 미소 짓던 그 사람
냉이를 캔다
고향의 한 모퉁이를 캔다

무서리 그친 그 자리에
한 뼘으로 엎디어
달래의 잔뿌리를 턴다
숨은 봄날을 캔다

사위, 사금처럼 반짝이는
햇살을 온몸으로 고르며
아아, 희망을 캔다.

마음껏 행복하지 못했던 그 사람
서릿발 밟고 일어선 보리 이싹같이
그 사람 내내 내 발아래 드리운
대지와도 같았다.

희뿌연 머리칼
산등성이처럼 굽어진 허리
굴곡 깊은 주름살
모두 내가 만든 것인데도
이제껏 곱게 다림질해 드리지 못했었다.

나는 오늘 과수원에 앉아서 냉이를 캔다
내가 나일 수 있었던
양지바른 시골
모퉁이에 엎디어
눈먼 봄날을 캔다.

어머니 뒤지다 만 그 자리
봄날보다 먼저 온 냉이를 캔다
고향의 흙내음을 고른다.

낙서

아주 오래된 담벼락에
온갖 욕설과 성적 담론으로 가득하다

○○○대통령 개색
수니 거시기 열십자

우리는 담벼락에 쓰인 낙서를 통해 세상을 배웠다
교과서엔 가진 자들을 위한 기득권을 위한 법들과
도덕이야기로 가득하다
우리는 그런 것밖에 배울 것이 별로 없었다.

다만, 도덕점수 만점 받으려고 달달 외운 죄밖에는
어른들은 자기 집 담벼락에 낯 뜨거운 낙서가 쓰이면
얼굴이 홍당무가 되어 페인트를 싸다가 덧칠을
해대기도 했다.

사실을 사실로
진실을 진실로
받아들이지 못하는 어른들이 더 한심한 세상인데도
말이다.

나는 어른이 되고 싶은 애어른이었다.

지금 생각해보면 어른이 되지 못하는 피터팬이 더
좋은데도 말이다.

알고 보면 어른이야말로 이 사회의 악이다.

어른이 많은 세상은 악의 소굴이다.

두고 온 산하

어제를 생각하며
다시
하루가 늙는다

지겹게 너를 생각한 시간들
이를 잡듯
들쑤셔 댄 가슴 안에서
한 마리 새가
푸드득 날아오른다

누군가
내 뼈 속 깊이
새겨둘 만큼
내 뼈는 단단치가 못하다

기실, 하루 만에 풀어야 할
숙제인 것을
아직도 나는

너를 놓아두지 못하고
반세기 동안 그리움으로
베껴내고 있다.

아 그리운 산하.

노예

그는 노예였다

돈의 노예
권력의 노예
명예의 노예
미의 노예
유희의 노예

아, 세상 사는 일이
노예가 되는 일었었다니

나는 오늘도
거대한 노예 시장에서
무엇을 팔까
무엇이 팔릴까를
고민하는 노예상인

내 자신이 노예가 아닌 적이
어디 있었던가
내가 언제
자유 시민이었던 적이나 있었던가!

응급실

삶과 죽음의 갈림길에 놓인
사람들은
여기 다 모여 있었구나!

그런데 정작 나는
내 자신을 응급실에
데려다 놓지 못하고
어디까지 끄시고 다닌 것일까!

삶과 죽음
그 어디에도 속하지 않은
고독에 길들여져
허무로 채워진 밤길을 걸어 다닌 것일까!

일반병실과 응급실
그도 아니면 장례식장을 옮겨 다니는 것이
우리네 일상인 것을….

그러나 나는 지금 응급실이다.

자살을 하자

사는 게 힘들 때
아무리 발버둥 쳐도
가난과 속박의 굴레에서
벗어나기 힘들 때
그땐 자살을 하자

가진 자의 노리개
쥔 자들의 장난감으로
살기엔 너무도 짧은 삶
그 삶조차
부질없다 여겨질 때
자살을 하자.

감시 공화국

내 인생이 고스란히
내 기억 속 혹은 내 추억 속에서
오롯이 기억나는 그런 단편인 줄 알았는데
컴퓨터 키보드를 누르니
내 과거가 콰콰콰-ㄹ 쏟아져 나온다
유명인이 아닌데도 말이다
이제 내 사생활은 죽었다. 나는 없다.

지옥의 노래

지옥이 여기 있다
저기에 있다
주깨지 마라 씹새끼야!

니들 중에
되레
천국 갈 놈 없더라

입만 열면 거짓말
쓰레기 같은 잡것들
뒈질 땐 제발이지
천국 가길 빌어주마!

해우송

흐르는 세월을 어이할까나
가고 나면 다 부질없으니
이내 생이 기억할 것은
오로지 죽고 나면 재 한 줌
살면서 고운 인연 엮다가
알뜰히 살고 지면 어이 아니 고우리.

이단자(異端者)

오직 태초에 인간만이 있었으니
인간만이 우상을 만들었으니
신상과 우상과 온갖 잡상이 다 있었으니

신을 만든 자가 다시 신이 되었고
신을 죽인 자가 다시 신이 되었고
신을 최초로 버린 자만이 인간이었고

신을 업고 가던 그자도 인간이었고
신을 다시 치료하던 그자만이 신이 되었고
신의 사망을 선언하던 그자는 인간이었지

신만이 인간의 무지를 믿었고
인간만이 신의 우월을 믿었고
저 초원에 풀 뜯던 양들과 소떼들은
발 앞에 펼쳐진 풀들만 믿고 물어뜯었지

그리고 그 배후에 인간의 채찍과
인간의 주구인 사냥개만 사납게 짖는 소리뿐
그뿐.

지금은 풀잎으로 온몸을 살찌울 때
윤기 나는 털을 가꾸자
내 뒤의 신들을 위해
나를 위한 건 이 살 없는 풀들뿐.

나는 이처럼 마른 풀잎으로도
나를 살찌우나니
결국 나의 신들도 한 줌의 흙이 될 뿐
그뿐
이 풀잎의 먹이가 될 뿐인 것을

아아, 신도 죽고 인간도 죽어가고
나도 하얗게 야위어질 뿐
그리고 죽은 자를 받아들이는 대지는 다시 무성하고
단비 여러 차례 수군수군 나릴 뿐
그뿐

태초에 인간이 있었으니
특별한 신들의 교과서란 지어낸 이야기로 가득할 뿐
아아, 인간의 상상력이란 얼마나 위대한가
인간들이 만들어낸 신이란 존재만큼
위대한 발명품이
또 어디, 어느 세상에 있을 수 있을까!

조국(祖國)

오로지 네게 바친다
갓 피어오른 꽃망울처럼
곱고 수줍은 말들
오로지 네게 바친다

하나뿐인 이 생명
하늘이 다하는 날까지
오로지 네게 바친다

사랑한다는 말을.

한 몸

구리다 똥 냄새
그다지 멀지 않는 곳에
입과 수직으로 터 잡고 있는 항문
향기로운 맛의 극치를 논하는
혓바닥과 그렇지 멀지 않는 곳에
이웃하고 산다니,
천국과 지옥은 한 몸이구나!

산다는 것

태양은 모닥불이 피워 올린 불티
지구는 태양을 배회하는 티끌
이 거대한 세상에서
인간이란 얼마나 하찮은 존재인가!

그러나 서러워 말아라
모든 것이 돌고 돈다는 것을
그래서 언젠가는
제자리로 돌아감을 믿어야 하리니.

석굴암

모서리가 없는 인생이 어디 있나
마침표가 없는 인생이 어디 있나

세월의 궂은 풍파 다 지운 뒤에
모난 구석 다 지운 뒤에
허어이 먼지가 되어
까칠한 한 세상
둥글게 살고 싶어
석굴을 파고 앉아 가부좌를 튼
천년의 미소

돌이 된 가슴
돌로 고인 사랑
한낮 한 여인만을 사모했어야 할 사나이

지금은 너와 나의 인연이 되어
만인의 기도가 되어
길이 되어

모서리가 없는 인생
마침표가 없는 인생
보시하고 있으오.

빈손

비우고 살자
염통도 비우고
요강도 비우고
지갑도 비우고
살자

어차피
황천길 갈 땐
빈손
다 부질없으니.

영덕 어시장에서

서둘러 고요한 새벽의 꼬리를 메고 나와
저마다 갖가지 전리품으로 시장을 벌리면
비로소 해 걸음으로 찾아온 사람들로
시끌벅적한 흥정이 열리는 날

어디선가 비릿한 즐거움
눈도 감지 못하고
죽은 생선의 머릿속에서
바다 생각이 나고

뒤지고 뒤진 지갑 안에서
꾸깃한 지폐로 건져 올린
고등어가 이천 원

포장도 안 된 싱싱한 언어들이
바벨탑 아래서 모였다가 흩어짐

산다는 건
아가미 하나쯤 잊어두고
사는 게
아닌가 싶다.

서울

만나야 할 곳에서
차마 만나지 못하는 우리는
자연이 낳아 놓은 고아였었지

숲이 사라진 이 도시에서
새는 날개 죽지조차 무참히 꺾이고
울음소리마저 서럽게 쉬어버렸지

이 도시에서 나는
단 한 사람의 눈빛과 서로 어울려
교우했었지

단 한 사람의 사랑과 뜨거운 포옹을 했었지
단 한 사람의 그리움과 뜨거운 해후를 했었지

내 절망과
너의 희망이
서로
눈빛 마주친 이곳

콘크리트 더미 속에서도
사랑을 할 수 있을까!
아파트 더미 속에서도
섹스를 할 수 있을까!

화려한 문명의 뒷길을
애인의 손길 이끌고 배회하다가
이스트 섬처럼 사라질 이 도시의 운명을

나는 절감한다
절감한다
나의 운명을
이 도시와 함께할 나의 운명을.

민주 노예

민주적으로
공개입찰방식에 의해
노예를 매매합니다
-비민주 반대운동 본부-

내 사랑은

사랑만 다함없이 사랑하다가
내 죽을 땐 그대와 함께이면 족하리
그 흔한 사랑의 말들과
그 흔한 그리움의 언어도
내겐 다 소용없는 것

오직 변함없는 마음과
서로를 존중하는 태도와
서로에 대한 믿음
그것만 있으면
천년은 족히
사랑으로 살아남을

내 사랑.

신원진술서

나는 민주주의의 자유시민이기 이전에
자본주의 나라의 가련한 노예였습니다
창밖에 갈대밭을 뒹구는
산솔새, 오목눈이, 지빠귀새 소리보다도
돈 세는 소리에 더 신명 나 했습니다

급변하는 세상의 삶의 여러 방식과 싸우면서
지식을 수혈받는 일
내다 팔 기술을 생산하는 일로
오늘도 줄곧
이 잡듯 머리를 들볶아 봅니다

창백한 얼굴을 한
도시의 에메랄드빛 거리를 방황할 때마다
나는 무엇인가 되고 싶다는 소망보다는
어떻게 하면 더 많이 가지느냐 하는
비대증에 걸린 소유 욕구에 불을 지폈습니다

내 희망은 오늘도 남들의 우상이 되는 일로
숲을 파괴하는 일
강 이름 하나 메우는 일
사랑 하나 잊는 일로
소일하며 보냈습니다

전지전능했었던 아이들이 자라서
정신의 불구가 될 때마다
희망의 극빈자가 될 때마다
옛 이름 하나씩 사라지는
삭막한 이 도시에서

내 마음은 어쩌다가
나무들처럼 두 발 모두고 서서
하늘을 보면서도
하늘 위의 하늘을 보면서도
수숫잎처럼 흔들리며 한없이 한없이 외로웠습니다

끝끝내 돌아오지 못할 강 하나를 건너면서
오늘도
내 정신은 물질보다 우월하지 못한 채
나는 민주주의의 자유시민이기 이전에
자본주의 나라의 가련한 노예였습니다.

구계리의 바다

이라말이없다발을뻗고누워버린바다는
섬돌을애무하며설익은달하나뱉어놓고
가랑이사이로기어나간게들의옆길로새는
걸음을눈여겨둔다밤잠없는아이들찾아와
돌무더기투석하고돌아가도무심한듯졸음존다
좌초된배들길을잃고기웃뚱갸웃뚱노를까먹어도
그많던오징어배들별빛처럼한결같이흘러가도
묻지말아라더는묻지말아라사랑했었던사람
발자국을따라간인연도뒷모습만보인말들도귀를씻어라
이곳에오면누구나물이된인연을본다
새털처럼가벼운날들을본다.

숲

길을 걸으면서 조용히
나는 네가 되고
네가 내가 되어 만나보는
숨도 죽인 자리

길을 옮기면서
만나는 족족 더듬어 보는
너의 가슴팍 사이로
야윈 잎새가
바람 되어 뒹구는 정처(定處)

우리는 아무런 약속 없이도 만나고
만나서는 아쉬움 하나
미련 하나 떨쳐 놓고

바람으로 헤어질 수 있는
너와 나는
태양의 세례를 받은 한 형제

숲을 벗어나려는 찰라
숲의 주인인 것 같은
다람쥐가 나뭇가지에 매달려
내 정체를 살펴보고 있다.

길 _ 망우리 묘역에서

망우리 묘역에 서면 길이 보인다
앞서간 사람들의 걸음 뒤에 엎드린
작은 길들이 아직도
많이도 굽은 채로 남아있다

누가 먼저라 할 것 없이
앞서간 사람들은
모두 나의 길이다

용기 있는 사람들은 누구나
이 길을 거쳐
먼먼 길을 나선다

사랑보다도 깊었던 절망도
체념보다도 깊었던 한숨도
이곳에 오면 희망으로 보인다

인간만이 절망이었던 한 시절을 잊은 채
이곳에 오면
이곳에 서면
길다운 길이 나를 부른다
내 혼을 부른다.

훈수(訓手)

아이야 어른이 된다는 건 슬픈 일이지
어른이 된다는 건 말이지
맑은 눈동자에 담긴 순수함을
강가에 가서
하나씩 투석하고 돌아오는 거란다

아이야!
어른이 된다는 건
차마
까먹지 말아야 할 걸 까먹고 마는 거란다

가령, 기본적인 공중도덕이라든가
건너지 말아야 할 곳에서
무단 횡단을 한다든가 하는 것들 말이지

아이야!
어른이 된다는 건
뿌리 없는 봄을 견뎌 내면서
갈대처럼 한없이
한없이
지나간 시간과 각별하게
손 흔들며 지내는 거란다

아이야!
어른은 어른은 말이지
이 사회의 적이란다.

마리아를 위하여

한 번쯤 웃어도 좋을 텐데 나는 우울했죠
한 번 가지고 싶은 물건들도 많은데
나는 가질 수 없어 안달이었죠

내 소원 중에 하나가
섹스의 흔적이 없는
여인을 만나는 것이라는 것을
다른 사람들은 모르죠

알면 욕하죠
욕할 만 하죠
섹스 안 하고도
애 낳을 수 있는 분이
그리 흔한가요.

장송곡

까마귀 고기를
나도 모르게 먹었는가 보다

밤마다
내 울음소리는
사람들이 돌을 던질 만큼
서글프다.

이상한 세상

물고기도 물속에 빠져 죽었다고 하네
하루살이도 하루 이상을 살아낸다는
세상이라 하네
호랑이 없는 세상에
사람이 세상의 왕이라 하네
공자도 요즘 세상에 태어난다면
교조주의자로 낙인찍힌다 하네
예수도 요즘 세상에 태어난다면
이단자로 손가락질 당한다 하네.

태엽 감는 시계

태엽을 돌리는 저 뻐꾸기 새처럼
나도 제때에 지껄일 수 있을까!

오직 앞만 보고
오르막이든 내리막이든
갈길 다 가고도 남음이 있는 너의 길처럼
내 삶은 오래고 요긴할 수 있을까!

자신의 존재에 대한
돌 하나, 물음표 하나
던져보지 않은 사람이
어디에 있을까마는
의문 하나 신속하게 지워내지 못한
내 마음은
언제나 섭섭하게도 뒤가 구렸다.

창녀론(娼女論)

괄호 속에 갇힌 긴긴 밤
물음표를 잊은 어제는
약분할 수 없는 루터 속에 갇히어
자꾸만 작아지는 나를 곁눈질해 본다

콩팥도 심장도 다 떼어내고
소숫점 이하로 떨어진
도덕불감증에 걸린 세상을
나도 창녀 되어 살았다

입을 것은 다 입고도
떳떳하지 못한 사람과
벗을 건 다 벗고도
바람 되어 거리를 횅하니
걸어가는 사람들 틈에서
서로는
품종이 다르다는 것을 느낀다

뜰채로 건져 올린 밤이
아직도 바늘에 꿰어 퍼덕일 때
멀리 별들은
떼 지어 산기슭으로 쓸려간다

쓸쓸하게 늙은 창녀 하나가 거리에서
죽어갈 때
정치 생명을 마감한 자칭 양심수를
조간신문에서 만난다

그들은 항상 무죄라 말하고
늙은 창녀는
몸 하나 가진 게 죄라고 말한다

나는 누가 죄인인지
누가 참말 창녀인지 몰라서
거울 앞에 있는
나를 유심히 들여다보다가
어둠 속에 내린 차디찬 이슬처럼
방울방울 흩날려진다

세상에서 부끄럽게 사느니
아침 이슬처럼 흔적 없이 사라지자고
겨울 앞의 풀꽃처럼 소리 없이 사라지자고
죄 없이 살 수는 없어도
정직하게 살기를 희망하며 조간신문을 덮는다.

상전(上典)

국민은 종이다
상전은 예나 지금이나 의원 나리들
종인지 모르고 있는 건 어리석은 국민뿐

금배지를 달아 주는 게 국민인 줄도 모르고
온갖 횡포와 갑질을 일삼는 것들
누가 그들을 우리 위에 서게 만들었나!

이제 심판을 하자
누가 우리의 상전인가를.

말세론

너를 믿느니
차라리
지나는 길에 쪼그려 앉아있는
거지의 거친 발을 믿는다

천국이
여기 있다
저기 있다
말들이 많지만

사실 알고 보면
인간의 영혼
갉아먹는
좀벌레들

너를 죽이느니
차라리 내가 죽겠다
말세를 기다리다가
거의 반백은 늙어 죽겠다

그래,
하루만 더 사랑하자
세상의 그 끝 날을 보아야겠다.

중심의 흔들림

아주 조금만 울고 싶을 때
남아있는 여분의 슬픔을 챙겨
어디론가 떠나고 싶다

사람의 숲 속을 헤맬 때마다
알 수 없는 외로움에 몸서리치다가
나는 파리한 깃발처럼 흔들거렸다

나를 들여다보면
내 안엔 내가 없고
내가 아닌 다른 사람의 허상이
뱀처럼 똬리를 틀고 있다.

아무도 나의 방황을 눈치 채지 못한다
그 누구도 내 안에 흐르고 있는
고독의 고삐를 잡아주지 못한다

알고 싶었다
내가 누구인가를
묻고 싶었다
내가 가야 할 길을

무너진 건물처럼
내 중심이 흔들린다.

자살 1

미친 듯이 미친 듯이
뛰어 봐도 맨날 제자리

나에겐 미래는 처음부터 없었던 거다
오로지 기댈 것 없는 우울한 내일뿐

기어서라도 가야 할 정상이 있다면
흐뭇한 일이겠지만

이미 누군가 신처럼 만들어놓은
그 규칙과 철칙 안에서
하루하루를 살아야 한다는 걸
알게 된다면
그 얼마나 서글픈 세상인가!

자살 2

다이나믹 코리아 언제나 신난다
오늘도 한 명이 죽었다
죽음이 즐거운 사람들은 너무도 많다

기자는 기삿거리 생겨서 즐겁고
병원의 의사는 사망진단서 끊어주고
돈 벌어서 즐겁고
장의사는 수의값 셈하느라 즐겁고
장의사 옆 밥집은 밥집대로 즐거운 법이지

죽어야 좋은 세상이다
죽어야 돈이 되는 세상이다.

불신(不信)

정부 그거 믿을 거 못 됩니다
아직도 모르십니까
자기 자신을 믿어야 한다는 것

공약 그런 거 믿을 게 못 됩니다
결국 내 주머니에서 돈 빼 가는 도둑질입니다

이웃과 서로
코 묻은 돈 가지고
서로를 물어뜯는 불신을 조장하는 세력

정부도 이와 다를 바 없습니다.

오르가슴

그대 느낄 수 있나
이게 사랑인지
즐기는 건지
이게 애 만드는 일인지
쾌락을 좇는 일인지
수상한 시대라
사랑보다 물신(物神)이 드높은 곳에 계시는도다.

혼돈(混沌)

이 불귀(不歸) 속에서
규칙을 찾는 건
개미집단 속에서
게으른 개미를 찾는 것과도 같다

한 번 가면
다시는 올 수 없다
먼지가 아님
흙이 되는 건 자명하다

오늘도 영생을 꿈꾸는 자들아!
천국을 꿈꾸는 자들아!
나는 차마 먼지가 되련다
흙이 되련다

흙이 되어 그대를 포근히 안아주련다.

집이 없다

아무렇게나 뒹구는 낙엽조차 제 갈길 정해져 있는데
이 밤 갈 곳 몰라 헤매는 나는야 어디로 갈까나
자위할 공간 하나
아내랑 섹스조차 할 수 없는 이
집 없는 설움은 어찌하느뇨
정녕 죽을 땐
빚만 자욱자욱 물려 줄 가난한 삶
인간아! 인간아! 쓰레기 인생이 따로 있나!
나 아니면 집 없는 우리가 쓰레기지.

주권, 국민에게 없다

스파르타 300인은 국민과 국가를 위해 산화했다한다
대한민국 300인 국회의원은 당과 지들만 잘살려 한다
갑질과 특권의식에 사로잡혀 국가와 국민을 버렸단다

이제야 뜻 있는 국민들이 일어나 그들을 심판할 때
국가 개혁 가로막고 국민을 을로만 여기는 그들을
준엄하게 심판하여 주권이 국민에게 있음을 알리자.

독도는 일본땅

독도를 일본에 내어주자
독도는 일제강점기 때
이미 일본 땅

서울도 일본에 내어주자
임란 때 일본이 차지한 땅

쓰시마는 본래 조선의 땅
원래 주인이면서도
말 한마디 못하는 바보 한국

본주(本州)도 사국(四國)도 삼국시대 때
이미 백제가 차지한 땅
구주(九州)도 북해도도
고구려가 차지했던 땅

이제는 돌려받을 때
당당히 주장하자
우리 땅임을.

누님

위안부 문제로 나라 안 시끄러운데
떠들어 보아도 부질없는 짓

무능한 남자들
당파 싸움한답시고
그런 치욕 당했거늘
누구를 욕하고
나무랄 수 있을까

이제야 힘 길러
일본을 따먹어 버리자
그것만이 제2의
치욕과 국치를 막는 일.

웃자

그리 슬퍼 말아라
슬퍼하고만 있을 사이도 없이
우리들의 생이 너무도 짧기 때문이다

마냥 기쁜 일이 있어도
웃고만 있지 말아라
언제 다시 근심 찬 일들이
어깨 위를 타고 올라와
내 삶을 짓누를지 모르기 때문에

기쁨도 슬픔도
애써 감출 수 있는
무표정함으로 거리를 나서자

짙은 화장은
인간의 본래 향기를 가리는 것
슬픈 땐 화장을 하자
그보다 슬플 땐 웃자.

그대 가시거든

그대 가시거든 소식 주세요
그립다느니 보고 싶다느니
하는 말 적힌 글보다
그대 얼굴 마주하는 게 더 큰 소망이지만
바다 하나를 사이에 둔 먼 얼굴이라
차마 만날 수 없으니 어쩔 수 없겠지요

그대 가시거든 안부 주세요
하나밖에 없는 내 사랑
'영원한 내 사랑'이란 말은 내겐 소용없으니
그대 숨소리, 심장 소리, 늠름한 그 목소리 내게 들려
주세요

그대 가시거든 잊지 말아주세요
세상에서 가장 슬픈 것은
누군가에게서
아무것도 아니었다는 투로
잊혀지는 것이지요

그대 가시거든 내 이름 가끔 불러주세요
그리고 한때는 사랑했던 사람
추억을 나누어 가진 사람이란 것만 기억해 주세요.

나비효과

민중은 애벌레
번데기가 되자
그래야 나비가 될 테니
나비가 되면
바람을 일으키자

미풍도 돌풍으로
폭풍으로 만들 수 있는,
우리에겐 그런 힘이 있다
다만 뭉치지 않았을 뿐
한 번이라도 제대로 뭉쳐보자.

민중＝개돼지＋다(多)

민중은 개돼지라던데
그럼 국민은 개병신이지
국민이 뽑은 대통령은
개병신들의 우두머리
고로 대통령도 개병신

민중이 무서운가
대통령이 무서운가
뭉치면 하이에나
흩어지면 사자다

사자가 이기는가
개돼지가 이기는가
우리 한번 붙어보자.

빌어먹을 거룩

더 이상 거룩하지도
더 이상 고귀하지도 않는
성당에 들려
십자가에 입 맞추고 돌아옵니다

당신을 돌로 찍어내고
돌아오는 그날은
십자가 대신
제 손엔 염주가 들려 있었습니다.

당신을 불신하기 시작한 그날은
목사가 신도를 겁탈했다는 그날이기도 하고
스님이 각목을 들고 집단 패싸움을 했다는 그날이기
도 합니다
우리 안에 정말 화평과 믿음의 신앙은 존재하지 않는
건가요?

국민 노비법

제 때, 제 때 세금 내지 않으면
변방 지키는 노비로 삼으마

일하지 않는 자, 게으른 자는 잡아다가
우리 집 앞마당 쓰는 마당쇠로 삼으마

가르친 대로 배우지 않으면
몸 파는 사·공창으로 삼아
가진 자들의 노리개로 삼으마

말 잘 듣는 자 당근을 줄 것이요
말 안 들으면 네놈 등짝에
채찍을 갈겨주마.

자살 동호회

그대가 내 살점을 톱질하고 칼질해서
여행용 짐 가방에
한 번에 들어갈 수 있도록 토막 내 주세요
전 님보다 먼저 가서
긴긴 여행을 준비할 테니깐요

먼저 간다고 슬퍼하지 마세요
조금 먼저 절대자를 만나러 가는 것뿐
사람은 언젠간 흙으로 돌아가는 존재, 아니던가요.

수신제가치국평천하[修身齊家治國平天下]

대통령을 죽여야 나라가 산다
국회의원을 죽여야 국민이 산다
군인을 없애야 전쟁이 없어진다
판검사를 없애야 사회 질서가 유지된다
나를 죽여야 물욕이 사라진다
너를 죽이면 살인
내가 나를 죽이면 무죄(無罪)

시대유감(時代有感)

요즘은 개가 도둑을 잡는 데 길러지지 않고
닭이 새벽을 알리기 위해 키워지는 게 아니다
소는 더 이상 쟁기를 잡지 못하고
고양이는 더 이상 쥐를 잡는 데 이용되지 않는다

하늘의 별들은 더 이상 그리운 이름들의 얼굴이 아니며
달빛은 더 이상 소원의 대상이 아니다
태양은 낮에도 그 빛을 잃고
한낮도 밤인 이 자본주의 세상에 나는 돈 때문에 울고
웃는다

행복은 이제 자본의 질량과 수량에 비례한다.